Llyfr Edrych a Gwrando i blant

PA SYNAU GLYWAF I?

Cyhoeddwyd yn gyntaf yn 2020 gan Burton Mayers Books, www.burtonmayersbooks.com

Hawlfraint y testun © Rhian Hoccom, Lisa Farquhar a Hélène Somerville

Hawlfraint y lluniau © Abi de Montfort

Dylunwyd y clawr a'r llyfr gan Nought Design, www.noughtdesign.com

Mae hawliau moesol awduron a darlunwyr y gwaith hwn wedi eu sefydlu ganddynt yn unol â Deddf Hawlfraint, Dyluniadau a Phatentau 1988.

ISBN 9781838345969

Ysgrifennwyd y fersiwn Cymraeg mewn cydweithrediad â Sarah Dafydd, Gwion Dafydd, Dafydd Timothy, Lisa Roberts a Lois Wyn Hughes.

Am fwy o wybodaeth am yr awduron a'r sefydliad sy'n gysylltiedig gyda'r cyhoeddiad hwn, trowch i'r dudalen gefn.

D0524939

DYMA AMBELL AWGRYM I GAEL Y GORAU O RANNU'R LLYFR YMA

- Ceiswch osgoi pethau all dynnu sylw.

- Defnyddiwch synau tyner.

- Does dim rhaid i'ch plentyn gopïo synau, ond efallai y bydd eisiau ymuno â chi.

- Gall eistedd wyneb-yn-wyneb gyda'ch plentyn adael iddynt weld y synau wrth i chi eu gwneud.

- Cofiwch, gall unrhyw un ddarllen y llyfr yma gyda'ch plentyn.

- Pam na wnewch chi drio rhannu'r llyfr o flaen drych? Nawr, trowch y dudalen ac i ffwrdd â chi!

Deffra, deffra, dere di.
Beth ydi'r sŵn a glywn ni?

d d d beth glywaf i?
d d d edrych arnaf i,
d d d ddywedaf i,
d d d a dyna ni!

Hedfan, hedfan, bwyd ar lwy.
I fyny, fyny - mam, ga i fwy?

🅕 🅕 🅕 beth glywaf i?
🅕 🅕 🅕 edrych arnaf i,
🅕 🅕 🅕 ddywedaf i,
🅕 🅕 🅕 a dyna ni!

Cymryd tro i chwarae pi-po.
Mae Ted yn cuddio, helo helo?

beth glywaf i?
edrych arnaf i,
ddywedaf i,
a dyna ni!

Dewch i'r parc - i ffwrdd â ni,
pilipala bach, a Ffred y ci.

ff ff ff beth glywaf i?

ff ff ff edrych arnaf i,

ff ff ff ddywedaf i,

ff ff ff a dyna ni!

Whwsh ar y siglen, i fyny â fi,
whwsh unwaith eto, un, dau, tri!

sh sh sh beth glywaf i?
sh sh sh edrych arnaf i,
sh sh sh ddywedaf i,
sh sh sh a dyna ni!

Dŵr o'r tap, drip drip drop.
Swigod mawr, pip pip pop.

p p p beth glywaf i?
p p p edrych arnaf i,
p p p ddywedaf i,
p p p a dyna ni!

Twît twît twît, medd y robin bach,
twît twît twît, tyrd i ganu'n iach.

t t t beth glywaf i?
t t t edrych arnaf i,
t t t ddywedaf i,
t t t a dyna ni!

t t t beth glywaf i?
ff ff ff edrych arnaf i,
sh sh sh ddywedaf i,
p p p a dyna ni!

Fe ddaw fy synau, gam wrth gam,
cawn hwyl yn siarad, fi a mam.

YR AWDURON

Rhian Hoccom

Lisa Farquhar

Hélène Somerville

Am fwy o wybodaeth am yr awduron a mwy o lyfrau yn y gyfres, ewch i

www.burtonmayersbooks.com/the-sound-we-found

GOBETHIWN EICH BOD WEDI MWYNHAU'R LLYFR. GWYLIWCH ALLAN AM FWY YN Y GYFRES!